HYMNIS

COMÉDIE LYRIQUE

Représentée pour la première fois, à Paris, au NOUVEAU-LYRIQUE,
le vendredi 14 novembre 1879.

Imprimerie générale de Châtillon-f-Seine. — J. Robert.

HYMNIS

COMÉDIE LYRIQUE

EN UN ACTE

PAR

THÉODORE DE BANVILLE

MUSIQUE DE

JULES CRESSONNOIS

Récemment, vers les heures du milieu de la nuit, lorsque l'Ourse tourne dans la main du Bouvier, et que tout le corps lassé par le travail goûte le sommeil, Erôs survint et heurta à ma porte.

Je dis : — Qui frappe à mon seuil et me trouble dans mon sommeil ?

Il cria : — Ouvre la porte et ne crains rien, car je suis un petit enfant, et je suis errant par la nuit noire, tout mouillé par la pluie.

Je l'entendis, et plein de pitié, j'allumai ma lampe et j'ouvris ma porte.

Alors, je vis un petit enfant qui avait un arc, des ailes et un carquois.

Je l'approchai du feu, je réchauffai ses mains dans les miennes, et, de ses cheveux, j'exprimai la pluie. Pour lui, dès que la chaleur l'eut ranimé, il dit :

— Voyons si le nerf de mon arc n'a pas été détendu par la pluie.

Et aussitôt, il tendit l'arc et m'envoya une flèche en plein foie. Alors, il sauta, riant aux éclats, et il me dit :

— O mon hôte, réjouis-toi ! Voici que mon arc n'a point de mal, mais ton cœur en gémira.

Odes Anacréontiques traduction de Leconte de Lisle. Ode III, Sur Eros.

PERSONNAGES

EROS.   Mme PARENT.
HYMNIS.   Mlle LINA BELL.
ANACRÉON (25 ans),   M. MONTAUBRY.

La scène est à Samos, dans la maison
d'Anacréon.

HYMNIS

Le théâtre représente un vestibule couvert d'un plafond en bois de cèdre et ouvert sur une petite cour, plantée de lauriers et d'orangers, fermée au fond par un mur de briques sur lequel retombent des branches fleuries de rosiers grimpants. Au milieu, un lit de repos, une table faite de marbres de diverses couleurs, et posée sur un piédestal, une statue de la déesse Aphroditè, tenant une pomme dans sa main gauche.

Au lever du rideau, le jour vient de naître. Anacréon est endormi sur le lit de repos. Une lampe, posée sur la table, brûle encore. Hymnis entre sur la pointe du pied, et regarde avec tendresse Anacréon.

SCÈNE PREMIÈRE

ANACRÉON, HYMNIS.

HYMNIS.

STROPHES.

I

Il dort encore, une main sur la lyre!
Il ne verra ni mon triste délire

Ni ces longs pleurs qui tombent de mes yeux.
Charmeur divin, tandis que tu sommeilles,
Autour de toi voltigent les abeilles :
Le doux poëte est l'envoyé des Dieux!

II

La blanche étoile errante aux cieux t'adore.
Ferme tes yeux ravis, sommeille encore,
Anacréon, chanteur mélodieux!
Tandis que fuit la nuit enchanteresse,
Qu'un rhythme heureux te berce et te caresse :
Le doux poëte est l'envoyé des Dieux!

Regardant les tablettes qu'Anacréon a laissées ouvertes
près de lui.

A vant de s'endormir, le maître
Écrivait là. Des vers, peut-être,
Pour charmer ces ombrages verts?
Lisons-les. J'aime tant ses vers!

Elle prend les tablettes et les parcourt.

Que vois-je? ô cruel! ô perfide!

Lisant.

« Anacréon à Simonide :
» Tu dis que mon esclave Hymnis
» A la fière beauté d'un lys

» Et remplit tes regards de joie.

» Accepte-la, je te l'envoie.

» Elle excelle à mêler un chant

» Aux soupirs du luth!... »

S'interrompant et avec des sanglots.

O méchant!

ANACRÉON, s'éveillant.

Hymnis! Tes yeux de violettes
Pleurent?

HYMNIS.

Oui. J'ai lu ces tablettes.
Me donner! moi! Cruel!

ANACRÉON, gaiement.

Eh bien!

Pourquoi pas?

HYMNIS.

Dieux! Ce n'est donc rien
D'avoir en esclave fidèle
Servi mon maître!

ANACRÉON.

Que dit-elle?

HYMNIS.

Ce n'est donc rien d'avoir été
Chaque jour, hiver comme été,
Soumise à ton moindre caprice,
Sans que mon zèle s'amoindrisse?
D'avoir vécu toute pour toi?
Je ne connaissais qu'une loi,
Ta volonté!

ANACRÉON.

Bon. Qui le nie?

HYMNIS.

Être fière de ton génie,
T'environner comme un enfant
Qu'on encourage et qu'on défend,
Avec qui l'on rit et l'on pleure,
C'était ma vie!

ANACRÉON.

A la bonne heure.

HYMNIS.

Tous mes regards suivaient tes pas.
Et tu me donnes!

ANACRÉON.

Pourquoi pas?

DUO.

ANACRÉON.

Sous nos pas le ciel a mis
Tous les trésors les plus rares!
Sachons n'être point avares,
Et donner à nos amis
Les biens dont toujours s'affame
Notre esprit.

HYMNIS.

Même une femme!

ANACRÉON.

Une femme? Assurément!
Donner, quoi de plus charmant?

STROPHES.

I

Le clair soleil donne au monde
L'or de sa lumière blonde,
L'éclair de son feu vermeil,

Et la rose avec délice,
Nous donne son frais calice
A ton sourire pareil!

II

Le ruisseau d'argent nous donne
Son frais murmure, et l'automne
Le raisin noir et le vin.
A leur exemple fidèle,
Comme eux je donne, ma belle,
Ce que j'ai de plus divin!

ENSEMBLE.

HYMNIS.

Hélas! comme il me méprise!
O mon pauvre amour en fleur!
Je sens que mon cœur se brise
De colère et de douleur!

ANACRÉON.

Comme la chèvre au cytise,
Je ris à la vie en fleur;
Tous les biens, je les méprise,
Car l'avare est un voleur!

HYMNIS, avec dépit.

J'obéis, et d'un pas rapide,
Je vais aller chez Simonide.
Poëte aux paroles de feu,
On dit qu'il est beau.

ANACRÉON.

Comme un dieu.
Mais par ses vers on le devine.
La strophe, musique divine,
Sur ses lèvres semble un doux miel!
Il parle la langue du ciel.

HYMNIS.

Je vais donc le trouver.

A part.

Barbare!

Haut.

Mais dis, faut-il que je me pare,
Pour ravir ses yeux étonnés,
Des joyaux que tu m'as donnés?

ANACRÉON.

Sans doute. Prends les pierreries,
Les joyaux aux flammes fleuries.

1.

Quand on donne, il faut donner bien.
Qu'un diadème lydien
Environne ta chevelure,
Sur ton épaule blanche et pure
Jette les colliers de rubis.
Que l'émeraude en tes habits
Coure avec la lueur des vagues.
Mets des bracelets et des bagues !

HYMNIS.

Je ne laisserai rien ici...

A part, douloureusement.

Que mon cœur !

ANACRÉON.

Oui, prends tout.

HYMNIS.

Merci.

Je m'en vais t'obéir sur l'heure,
Mon maître !

Elle sort en cachant ses larmes.

SCÈNE II

ANACRÉON

On dirait qu'elle pleure.
Mais les femmes pleurent toujours!
Dans leurs chagrins, dans leurs amours,
Elles conservent la ressource
De pouvoir se changer en source.
Je sais qu'elles aiment les fleurs
Et les colliers d'or, mais les pleurs
Sont la parure préférée
Des Grâces et de Cythérée.

CHANSON.

I

*Quand par un jour de soleil
Le roi Zeus créa la femme,
Il mit sur son front vermeil
Les douceurs d'un pur dictame.*

II

Il mit sur ses bras tremblants
Et sur ses lèvres mi-closes
La majesté des lys blancs
Et l'éclat sanglant des roses.

III

Ce Roi dans ses fiers sourcils
Où sommeille la nuit noire,
Mit les Désirs indécis
Et l'orgueil de la victoire.

IV

Il mit dans sa douce voix
Pour bercer tous nos délires,
Le vivant frisson des bois
Pleins de chants et de sourires.

V

Puis, pour augmenter encor
Ces attraits et tous ces charmes,

Enfin, pour dernier trésor
Dans ses yeux il mit des larmes.

Si vous voulez être adorés,
Beaux yeux, c'est le moyen, pleurez!
Moi, je ris. Nature, ô ma mère!
Fou qui trouve la vie amère,
Lorsque, pour nous charmer, les Dieux
Ont fait le chant mélodieux
Et le vin de pourpre et le rire.

On entend vaguement au lointain les voix des jeunes filles
samiennes qui chantent un hymne à Cypris.

Quel est ce doux bruit qui m'attire?
O toi, qui domptant le vautour,
Mets le même frisson d'amour
Dans les ailes et les corolles,
Et qui courbes les herbes folles!
O Reine qu'appellent nos vœux,
Toi qui souffles dans nos cheveux
Et qui transfigures notre être,
Aphrodite, désir de naître,
C'est toi, Déesse aux pieds légers,
Que nomment sous les orangers,
Unissant leurs chansons aux miennes,
Les jeunes filles samiennes.
Blanche perle du flot dormant,
Elles chantent folâtrement

Ta joie et tes métamorphoses,
En effeuillant les pâles roses
Et les églantines des bois.
Écoutons leurs charmantes voix.

Les voix se sont rapprochées; on les entend distinctement.

HYMNE A CYPRIS.

I

Aphroditè, l'Aurore
T'adore.
Sous les clairs firmaments,
La mer bleue et sonore
Baise tes pieds charmants!

II

La vague enchanteresse
Caresse
Tes bras glacés encor,
Et sur ton cou, Déesse,
Frissonnent des fleurs d'or.

III

O toi qui d'étincelles
Ruisselles

Parmi les frais zéphyrs,
Répands sur nous les ailes
De tes fils, les Désirs!

Avec ce chant qui me caresse,
Je ne sais quelle folle ivresse
M'environne et vient me saisir.
O tyran des âmes, Désir,
C'est toi qui me prends à ton piége!

SCÈNE III

ANACRÉON, HYMNIS, richement parée.

ANACRÉON.

Hymnis! J'aime son bras de neige
Sous ce bracelet rayonnant!

HYMNIS, avec dépit.

Suis-je assez belle maintenant
Pour être offerte à Simonide?
Comment me trouves-tu?

ANACRÉON.

Splendide.

A part.

Et je donne ce trésor! Mais
Par Bacchos! je n'ai fait jamais
Rien de plus fou!

HYMNIS.

Donc, je suis belle?

ANACRÉON.

Telle de l'écume rebelle
Naquit Cypris au divin nom!

HYMNIS.

Eh bien! sois content. Je pars.

ANACRÉON.

Non,
Pas encor.

Attirant Hymnis dans ses bras.

Viens. Le soleil joue
Parmi les roses de ta joue;
J'en veux faire un friand repas,
Hymnis!

HYMNIS, *se dégageant.*

Non! Tu ne m'aimes pas!

ANACRÉON, avec légèreté et peu à peu reprenant Hymnis, qui,
à la fin, s'abandonne.

Eh! qu'importe, blancheur de cygne!
Le sang glorieux de la vigne,
Le vin adorable et vainqueur,
Lorsqu'il me met la joie au cœur
Me demande-t-il si je l'aime?
Enivre-moi, vivant poème!
Sommeille! Laisse-moi poser
Sur tes bras nus un long baiser
Et baisse ta prunelle noire!

A partir de ce moment jusqu'à la fin de la scène, une sym-
phonie qui d'abord soutient les vers parlés, imite ensuite
les horreurs d'un orage surnaturel, et exprime l'émotion que
ce bouleversement inattendu de la nature fait naître chez
les deux personnages; étonnement un peu sceptique chez
Anacréon, épouvante exaltée et religieuse chez Hymnis.

L'Amour, si j'ai bonne mémoire,
Est de la race des Titans;
On l'a vu jeune, mais du temps
Des Typhons et des Polyphèmes.
Il doit être mort!

HYMNIS, s'enfuyant des bras d'Anacréon.

Tu blasphèmes!

Tais-toi!

ANACRÉON, riant.

Non!

A ce moment, l'orage éclate, le tonnerre gronde, la pluie
ruisselle, des éclairs sillonnent le ciel.

HYMNIS.

Tiens! Au ciel serein
La foudre avec sa voix d'airain
Gronde! Tiens, la pluie et l'orage
Se sont déchaînés avec rage.

ANACRÉON.

C'est Zeus qui pleure dans l'éther.

HYMNIS.

Les fauves serpents de l'éclair
Poursuivent l'aigle dans son aire!
Tout succombe et meurt.

A ce moment, le tonnerre tombe sur le coteau et brise avec
fracas le tronc énorme d'un olivier.

ANACRÉON.

Le tonnerre
Éclate!

HYMNIS.

Vois. Ses derniers coups

Ont déraciné près de nous
Cet arbre, géant comme Antée !

ANACRÉON.

C'est vrai. La terre épouvantée
Gémit. On dirait qu'en ce lieu
Hymnis, il va venir un dieu !

Tandis qu'Anacréon dit ces derniers mots, on entend frapper
à la porte qui ferme le jardin. Anacréon et Hymnis prêtent
l'oreille, les coups redoublent.

SCÈNE IV

ANACRÉON, HYMNIS, ÉROS, d'abord
en dehors.

TRIO.

ÉROS, en dehors.

Pan, pan, pan ! Ouvrez la porte
Et daignez me secourir !

HYMNIS.

On a frappé.

ANACRÉON.

Que m'importe!

ÉROS.

*Ouvrez-moi; je vais mourir
Si votre cœur me repousse!*

ANACRÉON, à Hymnis.

N'ouvre pas, c'est un voleur.

HYMNIS.

*Avec cette voix si douce!
Prends pitié de son malheur.*

ÉROS.

*Accueillez-moi, je succombe.
Je ne suis qu'un pauvre enfant.
Contre l'orage qui tombe
Nul abri ne me défend.
Sur mes yeux, qu'en vain j'essuie,
Tressaille un souffle inconnu;
Mon manteau trempé de pluie
Ruisselle, et mon front est nu!*

HYMNIS, à Anacréon.

Vois, l'orage augmente encore!

Le ciel est tout obscurci.

Suppliant Anacréon du regard.

J'ouvre au passant qui t'implore.

Ouvrant la porte, à Éros, qui se trouve alors en vue du public.

Entre, voyageur.

ÉROS, entrant.

Merci.

ENSEMBLE.

ANACRÉON et HYMNIS.

Qu'il est beau! ses grands yeux
Sous leurs voiles,
Ses yeux délicieux
Ont l'éclat radieux
Des étoiles!

ÉROS, à part, menaçant du doigt Anacréon.

Ah! prends garde à mes yeux!
Sous leurs voiles,
Mes yeux malicieux
Ont l'éclat radieux
Des étoiles!

ÉROS, à Anacréon.

Errant, chasseur lassé
Dans la plaine,
Les ronces m'ont blessé;
L'eau du ciel a glacé
Mon haleine!

HYMNIS, s'empressant près d'Éros et lui essuyant les cheveux

Son front de flamme et d'or
Etincelle;
Mais sur ce fier trésor
Je sens la pluie encor
Qui ruisselle!

ANACRÉON, à Éros.

Donc les Dieux inhumains
T'abandonnent!

ÉROS, d'un ton piteux.

J'errais par les chemins!

ANACRÉON, à Hymnis.

Viens, réchauffons ses mains
Qui frissonnent!

ENSEMBLE.

ANACRÉON et HYMNIS.

Qu'il est beau! ses grands yeux
Sous leurs voiles,
Ses yeux délicieux
Ont l'éclat radieux
Des étoiles!

ÉROS, à part.

Ah! prends garde à mes yeux!
Sous leurs voiles,
Mes yeux malicieux
Ont l'éclat radieux
Des étoiles!

ANACRÉON, à Hymnis.

Le pauvre enfant! Vois comme il tremble.

ÉROS.

Ce n'est rien, mon hôte.

HYMNIS, montrant la statue d'Aphrodite.

Il ressemble

A Cypris. Ses yeux ingénus
Pleurent!

ANACRÉON.

Essuyons ses bras nus.

ÉROS, à Anacréon.

Donc, tandis que l'ouragan sombre
Dans les sentiers du bois plein d'ombre
Met en fuite même les loups,
Et tandis que le vent jaloux
Gémit éploré dans les feuilles,
Toi, bon étranger, tu m'accueilles!

ANACRÉON.

Oui, par la déesse Erato!

Débarrassant Éros de son manteau qu'il donne à Hymnis.

Hymnis, fais sécher ce manteau.
Va.

HYMNIS, à part.

Je ne sais quelle espérance
Naît en moi!

ÉROS, à Hymnis qu'il prend à part.

J'ai vu ta souffrance,

O pauvre lys déjà penchant !
Mais, dis, —

Montrant Anacréon.

Veux-tu que ce méchant
Tombe à tes pieds et ne respire
Que pour épier ton sourire,
Et désormais n'aime plus rien
Que toi ?

HYMNIS, à Éros.

Si je le veux !

ÉRÓS.

Eh bien...

Il lui parle bas.

HYMNIS, joyeuse.

J'obéirai !

Hymnis sort.

SCÈNE V

ANACRÉON, ÉROS.

ANACRÉON, approchant une table sur laquelle sent posés
des fruits, des coupes et une cruche de vin.

Goûte, cher hôte,

2

A ces fruits. Ne t'en fais pas faute.
Tiens, prends.

ÉROS.

Non. Je n'en mange pas

ANACRÉON.

Quoi! Tu dédaignes les appas
De ces raisins aux lueurs chaudes
Semblables à des émeraudes,
Et ces figues, dont le doux miel
Attire les oiseaux du ciel,
Caché sous une écorce dure?

ÉROS.

Oui.

ANACRÉON.

Quelle étrange nourriture
Aimes-tu donc?

ÉROS.

Je me nourris
De vains désirs, d'espoirs flétris,
D'un soupir joyeux ou frivole,
D'un parfum de rose, qui vole
Près de moi dans l'air adouci,
Comme en un rêve.

ANACRÉON, à part.

> Oh ! qu'est ceci ?

Haut, à Éros.

Voilà de la viande bien creuse.

A part.

Avec sa mine aventureuse
Cet enfant se moque de moi.

Haut à Éros, en lui versant à boire.

Bois donc ce vin digne d'un roi,
Dont le flot, plein de soleil jaune,
Fait délirer le jeune faune
Qui danse en riant dans les bois !

Lui tendant la coupe.

Tiens.

ÉROS, refusant.

Non.

ANACRÉON.

Que bois-tu donc ?

ÉROS.

> Je bois
Un vin amer et plein de charmes,
Qui parfois a le goût des larmes.

ANACRÉON, riant.

Voilà de quoi mourir de faim
Et de soif!

ÉROS, avec ironie.

Tu crois?

ANACRÉON.

Mais enfin,
Réponds, enfant à l'âme fière;
Pour errer seul dans la clairière
Avec le pâtre et le bandit,
Qui donc es-tu?

ÉROS.

Je te l'ai dit :
Un chasseur.

ANACRÉON, à part.

Un voleur, sans doute!

ÉROS.

Soir et matin, je suis en route
A travers chemins et ruisseaux,
Chassant la biche ou les oiseaux
Dans l'herbe, de rosée humide,

Et poursuivant le cerf timide
Jusque dans son dernier abri.

ANACRÉON.

Quoi donc! Tu n'es pas attendri
De voir sur sa tremblante vie
Pleurer la biche poursuivie,
Triste, et déjà morte à moitié?

ÉROS.

Je ne connais pas la pitié.

CHANSON.

I

L'oiseau qui se lamente
En de longs appels,
La gazelle charmante,
Les aigles cruels,
Tout ce que la nature
Cache en sa nuit obscure,
Craint la folle morsure
De mes traits mortels!

2.

REFRAIN.

Ah!
C'est mon bonheur, dès que l'aurore
Dans le ciel rose au loin prend son essor,
D'éveiller la forêt sonore
Et les vallons dormants, au bruit du cor!

II

Parmi les monts sublimes
Errant à loisir,
Tourmenter des victimes,
Voilà mon désir.
Lorsque ma proie expire,
Je ne fais que sourire,
Et son cruel martyre
Est mon seul plaisir!

ENSEMBLE.

ÉROS.

Ah!
J'éveille la forêt sonore
Et les vallons dormants, au bruit du cor,

Et la même ardeur me dévore
Quand sur les monts paraît le soleil d'or !

ANACRÉON.

Ah !
C'est son bonheur, dès que l'aurore
Dans le ciel rose au loin prend son essor,
D'éveiller la forêt sonore
Et les vallons dormants, au bruit du cor !

ÉROS, s'apprêtant à partir.

Mais toute la nature en fête
S'éveille. Au revoir, mon poëte.
Car, tandis qu'ici nous parlons,
Le gai soleil, sur les vallons
D'où montent de blanches fumées,
Verse des roses enflammées
Et paraît dans son char de feu,
Mon hôte.

A partir de ce moment jusqu'à la fin de la scène, Anacréon est
en proie à une fascination qu'il ne peut comprendre et contre
laquelle il lutte en vain.

ANACRÉON.

Quoi ! tu pars !

ÉROS, froidement.

Adieu.

RÉCITATIF.

ANACRÉON.

Oh! ne me prive pas de ta vue adorable,
Mystérieux chasseur, de grâce revêtu!

ÉROS, avec dureté.

Si. Tu m'as accueilli souffrant et misérable,
Et maintenant, je pars.

ANACRÉON, avec un regret douloureux.

Bel enfant, où vas-tu?

ÉROS.

Au bois sombre, où gémit, près du chêne abattu,
Le vert feuillage de l'érable!

DUO.

ÉROS, prenant son arc, dont il fait jouer la corde.

Voyons, pour m'enfuir là-bas,

Plus léger que l'hirondelle,
Si les pleurs du ciel n'ont pas
Détendu mon arc fidèle.

Il pose un trait sur son arc et vise Anacréon.

ANACRÉON.

Que fais-tu ?

ÉROS.

Rien. C'est par jeu.

Il décoche le trait, qui vient frapper Anacréon.

ANACRÉON, portant la main à sa poitrine.

Tu m'as blessé.

ÉROS, riant et voulant partir.

Chose sûre.
Je t'ai blessé, mais dans peu
Tu chériras ta blessure.

ANACRÉON, étendant les bras vers Éros.

Peut-être, bel enfant ; mais reste encor !

ÉROS.

Adieu.

ENSEMBLE.

ANACRÉON.

Voyez! j'encourage
Ce cruel enfant,
Et contre l'orage
Mon toit le défend !
L'ingrat tout à l'heure
M'en fait repentir :
Et pourtant je pleure
De le voir partir !

ÉROS.

Sans craindre ma rage,
Ce poëte enfant
Jetait son outrage
Au dieu triomphant !
Mon arc tout à l'heure
L'en fait repentir :
Cependant il pleure
De me voir partir !

ANACRÉON.

Reste, enfant à l'œil de feu
Eclatant comme une aurore !

EROS.

Je m'enfuis vers le ciel bleu
Et vers la forêt sonore.

ANACRÉON, avec déchirement.

Ainsi je perds tes yeux, ta voix, ton front de lys!
Je ne te verrai plus!

ÉROS, menaçant Anacréon.

Si. Dans les yeux d'Hymnis!

Entre Hymnis, en bacchante, couronnée de lierre, les cheveux dénoués au vent, vêtue de la nébride tachetée et tenant en main le thyrse. Éros lui fait un signe d'intelligence, mais Anacréon ne la voit pas encore.

SCÈNE VI

ANACRÉON, ÉROS, HYMNIS.

ENSEMBLE.

ANACRÉON.

Voyez! j'encourage
Ce cruel enfant,
Et contre l'orage
Mon toit le défend!

L'ingrat tout à l'heure
M'en fait repentir :
Cependant je pleure
De le voir partir !

ÉROS.

Sans craindre ma rage,
Ce poëte enfant
Jetait son outrage
Au dieu triomphant !
Mon arc tout à l'heure
L'en fait repentir :
Cependant il pleure
De me voir partir !

HYMNIS.

Venu dans l'orage,
Ce divin enfant
A rempli de rage
Mon cœur triomphant !
C'est moi tout à l'heure
Qui devais partir :
Mais l'ingrat qui pleure
Va se repentir !

Anacréon se tourne vers Éros, comme pour tenter encore de le retenir, mais le dieu l'accueille d'un rire ironique et s'enfuit. C'est alors seulement que le poëte aperçoit Hymnis, dont l'air exalté et la sauvage parure le frappent d'une douloureuse terreur.

SCÈNE VII

ANACRÉON, HYMNIS, puis ÉROS.

ANACRÉON.

Dieux! Hymnis! pâle, épouvantée
Sous la nébride tachetée!
Enfant, quel est ce cruel jeu?
Dis?

HYMNIS.

Je vais où m'emporte un dieu!
Saisissant une coupe qu'elle élève avec furie.

ODE BACHIQUE.

1

A toi Lyæos,
Glorieux Bacchos!
Dans l'ardeur qui me déchire,
Le cœur plein de toi,
Je t'offre, ô mon roi,
Ma fureur et mon délire!

3

Pour t'accueillir
Je vais cueillir
La menthe,
Et dans les bois
Je suis ta voix
Charmante.
Verse, ô jeune dieu,
Ton nectar de feu
Dans le cœur de ton amante!

RÉCITATIF.

ANACRÉON, douloureusement surpris.

Hymnis!

HYMNIS.

Le plaisir est ma loi!

ANACRÉON.

Viens, ma colombe.

HYMNIS.

Laisse-moi.

ANACRÉON.

Chère Hymnis!

HYMNIS.

Effeuillons les roses!
Le remède aux ennuis moroses,
C'est la volupté.

ANACRÉON.

C'est l'amour!

HYMNIS.

Non! Je veux au bruit du tambour,
Mener les danses provocantes,
Bromios! avec tes bacchantes!

II

ENSEMBLE.

HYMNIS.

Le thyrse à la main,
Je suis ton chemin
Plein de chants et de lumière.
Mon pied bondissant
Vers les bois descend,
Et mon front est ceint de lierre!
O dieu des forts,
Qui seul endors
Nos haines,

Qui d'un baiser
Sauras briser
Mes chaînes,
Dieu ressuscité
Pour la volupté,
Mets le soleil dans mes veines !

ANACRÉON.

Plus de lendemain !
Son chant inhumain
Vole et fuit vers la lumière !
Son pied bondissant
Vers les bois descend
Et son front est ceint de lierre !
Amour des forts,
Qui, seul, endors,
Nos peines,
Que ton baiser
Vienne embraser
Ses veines !
O fils d'Astarté
Brillant de clarté,
Reprends son cœur dans tes chaînes !

ANACRÉON, pâle de douleur et d'épouvante.

Non, ce n'est pas toi que j'entends,

Hymnis ! Quand l'aile du printemps
Ouvre le cœur de l'églantine,
C'est toi, vierge pâle et divine,
Front d'innocence couronné,
Qui chantes cet hymne effréné !

HYMNIS, avec une amertume farouche.

J'ai fait ce que tu me conseilles !
J'égrène les grappes vermeilles
Dans la coupe au robuste flanc,
Pour goûter leur précieux sang.
Je me voue au plaisir frivole,
Et ma chevelure s'envole,
Ivre et flottante, sur mon cou !

ANACRÉON, tombant aux pieds d'Hymnis.

J'étais insensé. J'étais fou.
Mais ce passé, je le renie,
Et je vois ton âme infinie
Profonde comme le ciel bleu !
Pardonne-moi.

HYMNIS.

Jamais. Adieu.
Je te quitte.

ANACRÉON.

Non. Que ta bouche

Ne dise plus ce mot farouche.
Oh! reste encor pour m'enchanter!
Mais quoi! tu ne peux me quitter;
Comme Zeus la tremblante Europe,
Mon regard brûlant t'enveloppe.
O toi, seul trésor qui m'est cher!
Comme un trait fixé dans ta chair,
Partout, sur l'or du frais rivage,
Dans les bois, dans l'antre sauvage
Avec toi tu l'emporteras.
Où le fuiras-tu?

HYMNIS, d'abord hésitante, puis redevenant elle-même et tombant
sur le sein d'Anacréon.

Dans tes bras!

ANACRÉON.

Hymnis! ô moitié de moi-même,
Chère Hymnis! je t'aime.

HYMNIS.

Je t'aime!

TRIO de la scène 4ᵉ.

ANACRÉON et HYMNIS.

Ah! nous sommes bénis!
Plus de fièvres!
Comme dans les doux nids,
Les chants naissent unis
Sur nos lèvres!

ANACRÉON.

Mais quel est ce chasseur
Qui me garde
Ta charmante douceur,
O ma gloire! ô ma sœur?

La porte placée dans le mur du fond, disparaît et laisse voir
Éros sous les traits d'un dieu triomphant, vêtu de pourpre,
armé de l'arc d'or et inondé de lumière.

ÉROS.

Tiens! regarde!

ANACRÉON et HYMNIS, apercevant Éros et s'inclinant devant lui
avec une terreur religieuse.

C'est l'Amour!

ÉROS.

C'est l'enfant
Que la terre
Idolâtre et défend :
C'est le dieu triomphant
De Cythère!

Tandis qu'Éros se retire lentement, Anacréon et Hymnis ravis, enlacés et comme ne faisant qu'un seul être, le suivent respectueusement du regard.

ANACRÉON HYMNIS et ÉROS.

Ce héros dont le cœur
Est sans voiles,
C'est le Roi, le vainqueur :
Sa voix guide le chœur
Des Etoiles!

Le rideau tombe.

Imprimerie Générale de Châtillon-f.-Seine. — J. Robert.

)

www.ingramcontent.com/pod-product-compliance
Lightning Source LLC
Chambersburg PA
CBHW070808260626
47161CB00006B/2203